글벗시선166 김은자 시집

한 잔 그리움 추억에 얼룩질 때

김은자 지음

도서출판 글벗

■ 머리에 두는 글

시집을 출간하며

나 이제 산수(傘壽)에 이르러 여생을 셈하는 버릇이 생겼지만, 아직 실존하는 깊은 내 영혼의 우물에서 언어를 건지며 사유의 진액으로 시를 빚어내고 있다. 적어도 내게는 시(詩)란 삶의 갈피의 굽이에서 응축되는 살아 움직이는 사리(舍利)라고 여기면서 시를 낳고 사리함 같은 시집을 엮는다. 아기를 임신하고 출산하는 여정처럼 시를 창작하는 순간은 경건하게 기도하는 마음으로 챙긴다. 사노라면 내게 샴페인 같은 날이 있기도 하지만, 카페인 같은 날도 얼마나 많은가.

시(詩)란 운율을 지닌 함축적 언어로 표현한 문학의 한 갈래로 울림, 운율, 조화를 가진 운문의 각 시구라 일컫는다. 그러구러 내가 시집을 엮으면서 발간하며 건넨 시집을 독자가 보관하고 싶어지는 마음이 생기는 시의 결을 다듬고 싶었다.

깊은 영혼의 샘에서 길어 올리는 영롱하고 고아한 시어를 다발로 묶는 마음은 나이가 들어도 늘 어리다. 부족하여 민망함을 가리고 싶어지면서 말이다. 한 권의 시집을 엮으면서 세상에 얼굴을 내밀 때는 설렘과 두려움이 교차하는 것은 자식을 요람에서 처음 맞이하는 순간과 별로 다르지 않다. 나희덕 시인은 그의 작품에서 "시는 나의 닻이고 돛이고 덫이다"라고 서술한다. 나도 시를 통한 감정의 정화를 하며 삶의 열기와 한기를 조절하고 살아왔기에 깊이 통감한다.

누군가 인생을 나이순으로 "70세엔 종심(從心)이라 마음 내키는 대로 마음 놓고 행동을 해도 탈이 없으며 "80세엔 산수(傘壽)로 가릴 것이 없는 나이라고 한다. "한 잔 그리움 추억에 얼룩질 때"라는 시집을 팔순(八旬)이라는 축복의 삶을 살아 낸 기념으로 출간하면서 나이테에 그려진 삶을 언어의 실로 시침질하고 박음질한다. 그래서 첫눈을 보면서 느끼는 감성을 나누고 싶어진다.
지금까지 살아오면서 낳아주신 부모님과 여래의 가르침과 생의 여정에서 이끌어 주신 존경하는 스승님 등 은혜로웠던 분들에게 감사하며, 가르친 인연으로 만난 제자 중에서 아직도 내 옆에서 함께 살아가는 호흡을 느끼는 착한 사람들과 그간에 발간한 70여 권의 책자를 구매하여 읽어주신 분들에게 감사의 마음을 듬뿍 전하고 싶다.

2020년 2월 25일 혜화동 본가에서

초연 김은자 적음

한 권의 문학작품을 읽는다는 것

석계 윤 행 원 (시인, 수필가)

한 권의 문학작품을 읽는 것은 그 사람이 살아온 인생을 읽는 것이다. 그가 살아온 간난(艱難)의 역사와 사물(事物)을 보는 가치관과 세상을 읽는 세계관을 알게 된다. 글마다 배여 있는 인격의 생김새를 보게 된다.

그래서 문학작품은 가장 진솔(眞率)하고 인간적인 글이다.
작품을 읽다 보면 즐거운 일도 괴로운 일도 어느새 함께 동화되어 희로애락(喜怒哀樂)을 공감하는 세계로 빠진다. 치열하게 살아온 한 인생행로(人生行路)와 맞장구를 치게 된다. 글은 그 사람의 문화이고 생각이다. 그 사람의 마음

가짐을 읽어내면 그 사람을 대체적으로 이해하게 된다. 글을 읽다 보면 그 사람의 생각의 깊이를 알게 된다.

 글쓰기는 생각 훈련이다. 그리고 사람과의 관계를 일목요연하게 알게 된다. 좋은 글은 자기 생각을 어떻게 조리정연(條理整然)하게 독자에게 전달하느냐의 문제다. 작가의 생각에 따라 독자의 반응이 달라진다. 그리고 사람과의 관계를 알게 된다. 말하자면 우리 인생은 사람과의 관계로 시작을 해서 사람과의 관계로 끝난다. 우리는 사람과의 관계가 그 일생을 좌우하는 걸 본다.

 글은 사람의 일을 그 사람의 눈으로 해석하고 판단한 글이다. 그 사람의 글을 읽으면 바로 그 사람의 생김새가 생생하게 밝혀진다. 혹자는 자기를 좋게 보이려고 미사여구(美辭麗句)나 과장을 할 때도 있지만 독자는 그것까지도 알아차리고 그 사람에 대한 평가를 내린다. 그래서 독자는 무섭고 냉정하다.

 문학작품 속엔 다양한 삶의 족적(足跡)과 자초(自招)를 보면서 배움과 교훈을 얻는다. 그리고 그 사람의 내면 깊은 곳에서 우러난 신음과 절규 그리고 희열을 같이 느낀다. 그러면서 인간적으로 한 발 더 다가가고 결국은 그 사람을 이해하고 공감하면서 친밀해진다.

 저자는 人生과 事物에 대하여 자기 관조(觀照)가 확실하고 은밀하다. 풍부한 경험과 곡절을 겪은 사람의 내공을 본다. 저자는 평생을 공부하고 학생을 가르치면서 살아온 일생이다. 특히 일본어에 능통하고 칠순이 넘은 근래에 와선 중국어 공부에 열심이란 걸 본다. 평생을 배우면서 살겠다는 굳건한 의지를 본다.

김은자의 문학작품은 우선 재미있고 철저하다. 자기 관리(自己管理)가 대단하고 주관(主觀)이 확실하다. 그리고 인간적인 의리(義理)와 정이 많다. 짧은 기간이지만 그동안 겪어본 김은자 선생님은 성품이 담백하고 깔끔한 사람이다. 주위 사람을 따뜻하게 감싸면서 자기가 맡은 일엔 철저하다. 넓은 포용력이 있는가 하면, 시원찮은 사람에겐 지엄한 성격도 있다.

한 번 믿은 사람은 있는 힘을 다해 이웃을 만들지만 그렇지 않은 사람은 일정하게 거리를 두는 사람이다. 잔잔한 미소 뒤엔 함부로 범접하지 못하는 강한 카리스마가 있는가 하면 사귀고 나면 사람과의 관계를 소중히 여기는 인간미가 알뜰한 사람이다.

저자는 사색의 결이 곱고 엄정(嚴正)하다. 때로는 깊은 사유(思惟)에 감탄한다. 인생관이 낙천적이고 긍정적이다. 대상을 분석하고 해석하는 지성(知性)이 따뜻하고 겸손하다. 이러고 보니 너무 긍정적이고 덕담으로 일관한 것 같아서 좀 무엇하긴 하지만…. 그렇다고 뚜렷한 결점은 독자가 찾아내고 밝히기를 바라는 마음이다.

 시집《한 잔 그리움 추억에 얼룩질 때》의 저자 초연 김
은자의 인생을 살펴보는 것도 호기심과 함께 은은한 즐거
움을 누리게 된다. 글솜씨도 대단할 뿐 아니라 살아온 경
륜과 지식이 탄탄하다는 걸 본다. 독자는 어느새 큰 배움
을 얻게 된다. 일독을 권한다.

차 례

제2부 달빛 스민 위로

제3부 삭아간다는 연민의 그늘

제4부 앙가슴 붉히는 소리

제5부 장자의 빈 배처럼

제1부

한 잔 그리움 추억에
얼룩질 때

A cup of longing is stained with
memories   _ Kim Eun Ja

The late autumn leaves with
footprints are fluttering in the wind
like flags.
They hung the stillness on the
branches and pretended to be buried
in memories.
I refine the waiting and weave it
together and drink a cup of longing.
It smells more savory than Sungnyung.
Since I've concluded our past
relationship, my fleeting life is dozing
off on my wrinkled hand.
Acrossing the river of life with the
stepping stone, I have gotten rid of
stains on the road of deficiency and
gotten teary.

– 미국 뉴욕 맨하탄 K&PGallery NY 시화전(2022년 2월) 전시

한 잔 그리움 추억에 얼룩질 때

발자국 찍어놓은 만추 잎새
깃발처럼 바람에 안겨 너울거리고
고요를 가지에 걸어놓으며
추억 묻힌 채 시치미 뗀다

기다림을 다듬어 엮어 놓고
그리움 한잔 타서 마시다
숭늉보다 구수한 낙엽 타는 향
시절 인연 실타래 매듭짓고

주름진 손등에 무상이 졸고 있다
디딤돌 디디면서 생의 강 건너
늘 결핍의 길목에
얼룩 지우고 글썽인다

찻잔의 고독

그대 얼굴이 보이던 식탁
혼밥으로 고개 숙이며
사료 먹는 생각 스친다

찻잔에 뜨는 상현달
입술로 지긋이 잘라낸다

외로움이 초점 잃은 채
차 온도 그대 찬 손같이 식고
찻잔에 뜨는 별 한 개씩 떠서
돋아나는 슬픔을 조용히 문지른다

삶의 중력 양파껍질처럼 벗겨버리고
발등 부기 빼던 소파에 기대며
식어버린 차 시원하다 여기며
외로움 타서 휘휘 저어 마신다

풋감정 깃드는 늦가을 생

쓸쓸한 면류관처럼 사라진 청춘
푸른 모서리 틈에 숨어 있다가
튕겨 나온 풋감정
가을 서리 맞은 생 다독거린다

갈채 없는 열정이
승천 못 한 이무기처럼
문자의 기둥에 걸어보는 언어 조각
증식하는 그리움 압축한 칼금 흔적

마음 속살은 슬픈 이별이 배어있고
처음 늙어감은
한 자락 노을처럼 구름밭에 앉아
버팀이 해쓱한 얼굴에 비장함 칠한다

하늘 깨진 사이

망각이란 바늘로
인연의 실을 바늘귀에 넣어
깨진 하늘을 꿰맨다

새어 나오는 눈물 같은 낙수
외로움이란 물통에 받아
허드렛물로 쓰려고
오지랖에 모아둔다

물통 피해 마음 구들 위
홑이불 깔아놓으면
보채는 습기가
슬픔처럼 눅눅해지는데
삶의 관절 신음은
지혜의 빈곤을 탄한다

언어의 치료제는 시가 되어
서정의 바람 데리고 와서
건조한 마음과 습도를 조절한다

범종 소리 슬픔에서 희망 꺼내

바다처럼 고요한 하늘을 열어
살아야 할 이유를 건넨다
다시, 오지랖은 습관처럼 펄럭인다

가을이 찾아오면

이맘때면
붙이지 않을 편지
쓰게 하는 힘은 가을 탓

그대로 나만 읽을
사랑의 언어 쪽지도
시로 엮어본다

낙엽처럼 축축해진
대지를 구르다가
한 줌의 재가 될
사연일지라도
버릇처럼 가을 타는 추녀

그래도 그리워
그리운 이에게 어김없이
가을 소식 멍하니
버릇처럼 두드린다

감성 반죽 치대며

잠에서 깨어난 마음 앞에
전봇대처럼 우뚝 솟은 외로움
질려버리도록 두려움 자아낸다

욕망 투정이
부정의 탑을 쌓아가면
누군가 만든 기준에 휘둘리며
자기비하가 증오를 누른다

마음에 넣은 안감 톡톡하여
반듯한 겉모양 하얗게 빚어내면
감성 반죽 귓밥 같아
삶의 수제비는 적당히 떠진다

걱정 주는 환경 허물기

자아의 비대 의미 덜어내고
인격의 고름 흘리는데
냄새가 튀어나와 성취의 문턱
어지럽히고 걱정 한 줌 주네

길 아닌 곳에 접어든 듯
안개 속에 불투명한 이정표
시력에 담기지 않은
흐름의 닻을 만지작거린다

기다리지 않아도 바람이 끌어모은
누운 잎새의 시신 더미에
누구의 생각이 걸어간 발자국
그냥 날 허물며 땅으로 가라앉는다

욕망의 그릇

침묵의 무게를 밀어 놓고

바람 자락으로 하늘을 닦는다

꿈이 지탱하던 어깨
속울음으로 들썩이면

욕망의 그릇에
무상을 담고

비상하는 황혼의 자유
어진 시혼에 적신다

꿍허 자락 말아가며

시 걸개(시화전) 준비하는
노트북 좌판 위에 시인
생의 얼룩 진 이야기 쏟아진다

얼었다 녹았다 · 아팠다 · 나았다 등등
빗물 같은 형용사 동사의 술어들이
언어의 고드름처럼 파일에 달린다

출렁이는 애증의 저울이
선악의 근량을 읽어주고
사노라면 알게 되는 사연들
무상의 옷을 입은 채 영상에 든다

괴로움 소멸

누구나 자신의 허물이 노출되면
가리고 싶어진다

고요한 호수에 잔돌을 던지면
무아래 지면서 소문처럼 퍼진다

끈끈이에 붙은 다리 같은 망상
존재의 본질 깨면서 마음 조인다

실망의 찰과상 아픈 상처 동여매고
이별과 망각을 계산하는 괴로움

허물없는 사람 없는 줄 알고 있지만
미련에 뜯기는 미련함 때문에
때로는 멀쩡한 목숨줄 오그라뜨린다

그리움 칼날

슬픔이 잠식하는 영혼의 샘
그리움은 기다림을 업고 버티다가
누워버린 낙엽이 되기까지
흘린 눈물의 용량만큼 담긴다

앙가슴에 하얀 피가 고이듯이
시간을 물어뜯는 고통의 자궁
망각을 잉태하면서 착상하고
그녀는 침묵의 소리로 신음한다

바닥난 삶의 끝자락이 치마 밑단 같아
땅에 끌려가듯 길을 핥아가며
시린 가슴 어루만지면서
그리움이란 칼끝에 맨살 베인다

그리움의 임계점

계단에 걸터앉은 그리움이
가슴 헤집고 들꽃 피우더니
향기를 펄럭이며 구름에 숨는다

볼을 스치는 바람 같았고
무심지無心池에 피어난
연꽃 한 송이더니
성큼 내 마음 열어 버렸다

비등점 근처에 가면 화상 될까 봐
살얼음판에 늘어난 체중처럼 겁을 냈건만
어느새 임계점에서 그리움 앓는구나

허공에 묻은 사랑

정 그리운 가슴이 하늘 보며
달 지고 해 뜨던 허공에서
천년을 운 바람 소리 만진다

사바의 손아귀에서 젖 먹던 힘으로
시린 마음 밀어내는데
허공이 헐려서 눈물의 강이 덤빈다

태평양 같은 성역 같던 위대함
증류수의 증발처럼 산화되는 얼
조장鳥葬 같은 최후를 갈무리하듯

눈시울 무겁게 매달리려 하고
맴도는 사랑의 고백은 이미 시들어
영원을 향한 길목에 허공 묘를 쓴다

글자의 기운

생각이 비눗방울처럼 허공 누비면
바람의 춤사위에 무지개 긋고
사랑의 아픔처럼 아스라이 꺼져 간다

수많은 시행착오
죽어야만 고쳐질 버릇 연민의 덫
뜰채에 걸리듯 남는 그 글자

나는 나대로 구겨지다 펴지고
세상은 아무 반응 없이 고여서
내 투정 받아주어도 이제야 알아챈다

기억 소환 길에 외로움 수거

견디는 삶이 솔기가 터지듯
존재의 껍질을 흔들면
살갗에 그어지는 순정의 빗금 헝클고

이슥한 어둠의 치마폭에 쌓여있던
그리운 얼굴 수거하듯 소환한다

낙엽 무더기에 숨어있던
슬픔이 말 걸고
만추의 황혼을 견디는 귀로歸路

시려오는 마음의 모퉁이에
딱지 앉은 외로움이 똬리 틀면
이제 아무것도 겁나지 않는 해탈
황혼 진 영혼 건사하는 영토에 든다

길몽이 가르친 덫

잠에서 젖을 물리는 꿈 자시에 꾸어
그대로 지우기 아쉬운 욕심
종로 5가 복권 소굴에 지갑이 들려
열 장을 사서 반은 선물
기다리는 날 맹물이 되어
본전이 스치며 복습한 공짜의 덫

아무나 당첨되지 않는다는 것
모르지도 않는데 생전 처음
남이 하는 짓 따라 하고 웃음 흘린다
수고한 만큼 대가를 재화로 얻는
큰 깨달음 얻었던 내가
늙어서 주책인지 후회할 일 만든 날

생각지도 않던 재화가 생겼으니
그 꿈이 맞기는 맞았다
세상을 어리석게 살아가는 단면
망 팔에 게임이라 즐기며
신축년의 병고와 재난의 고갯길
잘 넘었다고 뒤돌아보며 여생을 생각한다

까만 밤이 창밖에 버티네

비어있는데 가득 차고
아무도 없는데 충만한 밤
여생을 까먹고 있다는 생각
까만 창밖이 겨울 바다처럼
슬프게 을씨년스럽다

기억에서 사라진 얼굴들
저 검은 허공 바다에 수몰되듯
언젠가 나도 떠나야 할 곳에
주막처럼 어느 집 유리창
꺼지는 생명처럼 불빛이 졸고 있다

꽃의 살결이 미소 지으면

소리 없이 색이나 모양으로
아니면 향기로 계절을 업고
피고 지는 꽃잎의 사연은
기다림과 그리움과 짝사랑을
마음 다하여 외치는 듯
누군가의 손길이 산책길에
심어서 가꿔 미소를 준다

시절 인연 따라 얼굴을 보이는 꽃
화장하는 여심처럼 힘주고
있는 힘을 다하여 자기를 지키다가
떠나갈 때 슬픈 마음으로 우는 듯
허공에 몸을 던지면서
자연으로 돌아가면
삶의 행간에 여인의 일생처럼 자리한다

날 것을 씹다가

날 것 같은 마음이 미성숙하여
콩 비린내 나듯 찡그리다가
때로는 신선하기가 매혹적이라
뱉을까 말까 망설이는데
물고 있으니 익어버려
삼켜도 되는 인생사 배운다

날 것이라 맛있고
익은 것이라 더 맛있고
썩어가듯 발효시키면 최고의 맛이 되듯
생의 여정은 온도와 함께
제때가 있다는 것
깨달아버리면 그것이 열반이리라

눈송이 길에 누우면

이음줄처럼
자궁에서 세상에
존재의 강줄기가 된 사람

눈송이가 낙화암 여인처럼
검은 바다 같은 아스팔트에
머리를 박고 몸을 숨긴다

봄눈이 인도 여인의
남편 사후 순장처럼
세계 대전 후 패전국 일본에서
오키나와 절벽 자살 장면처럼
길 위 검은 바다에 눕는다

제2부

달빛 스민 위로

달빛 스민 위로慰勞

서산에 누운 와룡산 목덜미에
노을 자락 숨바꼭질로 어지른 자리
별의 발톱이 살점 파먹은 하현달

박꽃 같은 창백한 얼굴 내밀어
뒤척이는 새벽잠 머리맡에 들려
관절염 치근대듯 서성인다

기다림이란 흰 고치에서 그리움의 실 자아내며
건조한 인연의 빈틈 견디고 버티다가
홀로 두고 떠난 임 그림자 기억 개킨다

가을 타는 몸살 외로움 앓는 마음 갈피
눈물로 얼룩진 망각의 살점 어루만지며
달빛의 위로 스며든 밀어가 앙가슴 데운다

대기자 대열에서

아버지가 구급차에서 도착하여
응급처치하다가 임종하신 자리를
오층 대기실에서 내려다보니
구급차 네 대가 보인다

남편은 공대에서 나는 평생교육원에서
강의하던 눈에 익은 캠퍼스에
대학 부속 병원은 부모님 장례식을 했던 곳
아직도 도서관 사서로 근무하는 딸

늙고 병들어 들락거리는 병원
대기실과 치료실에 늙은 여인들
재활하는 환자들 속에 노모의 사연
육아를 돕다가 병든 몸 주사 맞는다

터널증후군을 앓는 여자
유전적인 증세를 호소하는데
내 말초감각 둔한 증세는
이 나이에 병도 아니라는 생각이 든다

열정과 냉정 땋아

쉼표에 앉아 마침표를 향하고
가시 발라내는 몇 굽이 지나서
근질거리는 살갗 비벼가며
언어의 사잇길 빠지듯 흔들며
생의 카오스 응시한다

잠자는 야성을 말살하며
시답지 않은 속정을 짓뭉개고
아직 남은 푸른 삶의 여백 우려내도
맹탕으로 담기는 시간의 등줄기
그늘의 존재를 물어뜯는다

여정의 지층이 미래를 인질로
허열 자리 잡고 혼의 빗장 비틀면
멱살 잡힌 현재가 제 살을 깎으며
통증으로 일깨우는 불수의근처럼
열정과 냉정 땋아 댕기 들인다

덜미를 잡고 잡히고

욕망의 덫에 걸려 덜미 놀음하는
선거판의 짜증스러운 힘겨루기
거리 누비는 유세차
길거리에 넘실대는 프랑 카드
아무도 마음에 들지 않아서
선거일은 좁아지는데
투표 의무이행이 오리무중

그곳에 가면 바른 아버지 임무라는데
대부분 끝나면 한차례
영어의 몸이 된 역사가 비통하게 있건만,
그래도 가려고 기를 쓰는 입씨름
욕망의 덫이 아무리 무서워도
불타는 욕심이 칼춤 추는 모습 같은데
무관심 하려 해도 다시 오감을 어지른다

동창에 기웃거리는 바람

운신을 막아놓은 균의 칼날
육신 경계를 허공에 걸어놓고
남은 명줄 오그라트린다

뇌의 바다를 헤엄치듯
지식의 우주를 방황하며
초라한 빈티가 여생 짐작하고

다른 사람 삶을 비교하며
구겨지는 눅눅한 삶의 좌표
젖은 기억으로 생명이 비 맞으며
차츰 소멸하는 나를 만진다

동창에 기웃거리는 정리의 충고
내 나이테를 훈장처럼 달고
죽음이 또 다른 시작이라고 믿으려
적막이 데려온 불면이 멀뚱거린다

등짐의 무게

스스로 지는 짐은 무겁지 않다고
봉사를 위한 손길도 시리지 않다고
인연의 줄을 타고 맡은 자리에
등짐의 무게를 헐겁게 조율하며
임인년 새해 맞아 새 직함 걸고
하늘을 향한 비상에 합장한다

코로나가 막아버린 모임은
마스크로 가리듯이
겨우 얼굴 반쪽 내밀고
회원은 있으나 이름만 걸치는 무심
가난한 재정으로 겨우 버티는 살림
위로 오르는 수저 들기 버겁다

만류하던 염려 현실이 되어도
후회하지 않고 무소의 뿔처럼
책임을 다하리라 다짐하고
지혜롭게 발자국 옮기며
생각의 창고에 긍정을 밀어 넣어
다발로 묶어 밀림처럼 걸어둔다

마른 가지도 계절을 감지하다가

담벼락 물고 가시 건조한 덩굴장미
계절을 착각하고 핏빛 장미를 피워낸다
앞집 고급빌라에 휘늘어진 가지 중에
만추에 개화한 개나리도 마찬가지

변덕 증 심한 기온 뚝 소리 나자
낙화도 잊은 채 굳어진 생
시들지 않는 황혼의 반란 우뚝하고
이중성 냄새 짙은 은행 닮았다

사랑에도 3년 고개 넘어지면 증식하는지
눈물보다 투명한 마음이란 거울에
사랑의 고백 비춰가며
정숙의 지렛대 조율하지만,
감지기 오작동에 무너질지 누가 알리

마음 깨물기

절정 쪽에 정답이라고 줄 긋고
깨문 자국에 고인 떨림의 요철
혀끝마저 깨물린 붉음의 쉼표 그린다

삭풍 손사래 치면서
도로같이 포장해도 연분홍 비쳐
마음 베어 찬김 가시는 입김

결핍 덮으며 딴청 버무려
오지랖 바람에 널어 말리고
해 걸린 서산에 기대 마음 깨문다

마음에 생각을 싸서

생각이 꽃바람 타고
구름 사이를 날아다닌다

하늘의 배꼽에 쉬었다가
대지의 젖가슴에 발을 딛는다

생각이 마음 창을 열어
제 살을 뜯어 먹는다

가느다란 빛이 수직으로 상승하듯
마음에 싸인 생각이 빠진다

슬픔이 기웃거리다가 도망가고
내 심장 위에는 미소가 엎어진다

말의 오미

바람의 무게 밀어내고
하늘의 변덕 견디면서
대지 꿈틀거리는 몸짓 따라
말맛으로 허공에 묵화 친다

창틀 벗어나려는 유리창 안
신맛 쓴맛 단맛 매운맛 짠맛
침묵하는 마음의 베틀에 걸고
내 삶의 말맛을 발효시켜
사리 같은 시집을 봉안한다

메밀꽃 연가

은하수 흘러내린 별의 강처럼
달빛 안은 밭고랑에 출렁이는 메밀꽃
시간의 시신 소각해도
아직 남은 그리움은 살결 떨며
첫날밤이 마지막 밤이던 운우지정
침묵에서 꺼낸 절규로 봉평 허공 홀쩍인다

인연의 살점 떨군 물레방아 도는 곳
기억 한 점 베어 물고 꿈인 듯 서성이면
햇살 미소는 바람의 기지개 따라
설원의 적막 같던 꽃밭은 윤슬의 몸짓
아우성보다 더 슬픈 체념의 무늬
세월 버무려 빚어놓은 생존 헐겁다

왼손잡이 보면서 닮음을 읽어내고
아비가 없음에서 아비인 줄 짐작하고
업보의 미로에서 등에 업혀 피가 땅긴
영원한 *노스텔지어에 불을 지핀
가산 이효석님의 〈메밀꽃 필 무렵〉
문학의 성지에 영혼 눕힌 사랑 앙가슴 시리다

* 노스텔지어 : 향수, 그리움
- 메밀은 베갯속에 넣거나 맑은 피를 만드는 먹거리,
  메밀꽃 꽃말은 연인

모순을 껴안고 기억을 삼키네

거죽은 존재의 살갗
드레스에 보정 받고
멀쩡하게 포장한 모습

그렇게 망가진 속살
수시로 균형이 흔들리는 여생
바람이 펄럭이며 볼을 얼리고 조인다

추억의 그 길에 지우개를 신발에 달고
모순 껴안은 채 순간을 흘리고
무심한 듯 춘당지 빙점의 겨울을 마신다

추위는 인적을 비질한 것 같은 순간
노구를 조이는 교란되는 삶을 견디며
장갑 위에 남은 체온을 나누며 이별을 쪼갠다

목울음 삼키며

바람이 울부짖는 그늘의 치마폭
명절 잔소리 같은 이명이 들리는 듯
낯선 마음 풍경 지층에 깔리면
평화 고프다는 비둘기 울음도 구른다

사유의 난자는 계류유산 불임처럼
시인의 손끝에서 문장이 막히고
시집의 문자는 감동 없는 시간 낭비
고갈된 언어의 유희는 현악기 조율 부럽다

혼자 펄럭이는 문장의 행간에
영원히 누군가의 위로제가 되지 못할
글줄을 끄적이며 태우는 남은 생
침착한 듯 치대며 결핍증 목울음 삼킨다

목숨 심지 돋우며

바퀴가 돌아가 법이 흐르고
인연 끈 늘어뜨려 삶이 탄다

거울 보며 티 골라내는 성숙의 씨
민들레 홀씨처럼 열매 실어 나른다

목숨 심지 조절하는 기름 같은 사랑
그리움이 새순 돋우며 덩굴 기어간다

덫이 영그는 돌계단 모서리에 걸려 찔끔
손난로 쥐여 주는 따뜻한 손길 미소 준다

안감이 겉감 모양새 조절해 주듯
환각의 소멸 여정마다
내조가 거룩한 동의보감 저자 허준 아내
나를 옷깃 여미게 만든다

부러운 대상 보며 가다듬는 생의 찬미
추스르는 그림자의 훨훨 너울춤
목숨 심지 조도 높이는 에너지로 품는다

묵어도 새순처럼

하루 중에서
가장 아름다운 노을

인생에서 마무리 계단
장미 새순 돋아

꽃봉오리 백설에 숨어
동백의 붉음 비치고

가슴에 이어지는 연리지
회광반조回光返照 같은 미소

묵어도 새순처럼 연두를 지고
황혼 노을빛 품으로 접어든다

묵정밭 일구듯

대지의 체온 만지며
묵정밭 일구듯
시의 혼을 씨앗으로 심어
연두를 읽고
꽃봉오리 입술을 보며
개화의 살결에 입 맞춘다

사랑의 인연이 시옷을 입고
계절다운 입김 불면서
허공에 그리움까지 던지고
기다림을 지평선에 묻으면
황혼이라도 노을은 소리 없어
장미 정원 가는 이정표 일러준다

애증의 신줏단지

욕망의 무게가 앙가슴에 얹힌다
나이테에 애증이 스몄던 흔적
낯선 호흡의 길이 음계로 떠돈다

노을 업고 뒷모습 보이던 생을 찢어
산발한 머릿결 빗어 내리듯 나를 추스르며
거죽을 걷어내고 신줏단지 속을 더듬는다

상실의 슬픔이 아직 끈적이면서
단지 주둥이에서 서성이더니
장미 향 발효되면서 그리움 재웠다

미수의 새벽 기도

세상이 내 삶을 데려다주고
만남과 이별의 이중주가
고개 한번 돌리는 순간처럼
짧은데도 벌써 80년

주변에 버팀목은 유명을 달리하고
남은 생 어림짐작하지만 잘 모르고
막연히 망 구의 언덕에 올라
그리운 사람을 그리워 한다

동녘에는 뜨거운 해가 떠오르고
지구의 한 지점에 내가 중심점
원을 그리며 우주를 품고
아주 작은 씨앗으로 살아간다

합장하면서 불경을 듣는 아침
주어진 삶이 건안하길 빌며
버팀과 발전이 영글기를 기도하며
고해 길목에 시심의 징검다리 건넌다

미움의 뼈

근심의 꼭지를 떼어
마음을 다듬어 이해의 창가에
떠밀어 바람에 말리면
미움의 뼈 가운데 구멍이 늘어난다

살갗에 감춘 그리움이
기다림에 허물어지면
골다공증 사랑 우두둑거리다가
신음하며 절룩거린다

연민의 근육이 말라가며
가슴의 가려움증이 악화하면

껍질 건조증 긁어대며
이별의 살점 동여맨다

탑이 무너지듯

현미 밥맛같이 구수하던
윤석태 선생님 저승으로
전입신고 마치고 난 뒤

후배가 이승에서 함께 한
그 자리 지나며 짠한 마음에
여생 예감하며 만나자던 그때
못 만났던 후회 전화하는데

나 때문에 용돈 벌어 쓴다고
감사를 달고 늘 멘토 역할 하더니
노환이 짙어지니 외출 못 할 지경이고
부음 받고 무너지는 탑 같던 아픈 마음

저승에 가버린 알던 사람들 자꾸 늘어나니
머지않아 전입신고 어떤 친구가 하려는지
내가 먼저 하려는지 아무도 모르지만
강산이 두 번 변하기 기다리지 못하겠지

제3부

삭아간다는 연민의 그늘

삭아간다는 연민의 그늘

세상을 밟고 걸어가는 순간마다
부실하여 지탱하는 보조 품
아프지 않은 척 버티고 내색 감추지만,
신경 다발 협착증 병력으로 알아챈다

먹거리 앗아가는 당뇨 증세
지방질 혈관 비좁게 조여 가며
삶을 조롱하는 황혼의 저승사자
흡연이 폐를 망가뜨리면 숨이 찬다

왕성한 식욕 병증 뻔한데
외식이 식이요법 방해하고
과유불급 후유증 제대로다

의학의 힘 수술대에 오른다니
우정 인연 궁 돌담길 찍어도
스러지는 삶은 처연한 몸짓이라
부디 생명줄 질겨지길 합장한다

밀어蜜語 삼키는 목젖

방목하는 몸에 깃든 세월의 지층
그림자처럼 밀착된 시간의 이빨 자국

탕아 닮은 난폭한 열정 빗장이 풀려
현재의 목살이 조여지는 전신 증후군

결박당한 껍데기에 어혈 같은 기억
실존적 통증이 밀어蜜語 삼키며 목젖 탄다

마음의 교란으로 금이 가버린 하늘과 땅에
하얀 피 배이면 생의 압축이 영혼을 베어 문다

바보다운 행진

느닷없이 찾아온 첫사랑처럼
상식도 모르는 연두의 싹
과속박력으로 발아하는지
감당키 어려운 해 오름 달의 오후
보고 싶다 다녀간 마음 굵다

흘러갈 인연의 눈물 흘렸기에
내 시를 읽다가 울컥하는 바보
사랑의 갈피를 뒤적이면
매혹으로 다가와 세월 등에 업고
안개처럼 사라진 추억이 조롱한다

장미에 가시 달아놓아 타일러도
바보다운 얽힘은 막무가내
배신의 덫 가시로 찌를지
정녕 모르지 않을 텐데
불나비처럼 내던지는 황혼이 버겁다

모세혈관처럼

허기진 식욕의 혓바닥
산화된 육신을 드러내며
소통이 차단된 존재의 부실이
보조개 푹 패인 볼살에 깃든다

같은 그릇의 음식이
속도 분량만큼 틈을 벌려놓고
지옥과 천국의 경계를 보인다

지혜 이전의 지식이
평행을 조율하고
소통의 순행을 거들면서
가끔 마음의 상처 아물게 하더니
스승의 고마움을 느낀 감정 속내
훼손된 상처를 메운 자리에
시간의 기적 만지작거린다

백합 같은 눈이 축복처럼

소나무 가지에 무거운 듯 핀
백합 같은 눈꽃이 첼로 소리 닮은
중년 마음 설렘 연주하는데
경비원의 비질하는 소리
요통을 참는 한숨 요란하네

눈맞아 가며 전화하는 소년 같은
눈발 바라보며 전화 받는 소녀 같은
두 마음이 웃음에 버무리며
손을 타고 바람으로 접속시키며
닦은 신발 젖었다는 어리광도 들린다

삶이 아름다우면
무엇이라 이름 지은들 어떠하리
다만 숭고할 뿐
사람 의미를 허공에 새기며
봉평 메밀밭을 떠올리면서
와룡산 기슭에 겉옷 자락 끌어본다

보리밥

말린 꽃처럼 버짐 핀 얼굴로
쑥 뜯는 야윈 손
젓가락 살점 시리고

등가죽 붙어버려
꼬르륵 천둥소리
보릿고개 아린 고개
다리 부었지

뒤주 바닥 긁는 소리
배곯는 소리
보리죽도 배 꺼질까 봐
사부작사부작 말하고
꽁보리 강된장
시래기 배 채웠다

풍요가 빚어놓은
미래 병마 뒤태에
겨울의 냉기 뭉쳐
열기 견인 마다치 않는
울화통 시대 어진 먹거리
목숨의 물렁뼈 넌 보리밥

봄소식

북쪽으로 고개 향한 코끝은 붓으로
그리움 파도처럼 일 년을 그리다가
삭정이에 가라앉은 꽃물 데우려나
봄 손님 온다는 바람의 기별 받고
다문 입 창호지 옆 살짝 뜯는가

나무에 피는 연꽃 목련꽃 북향화
새하얀 웨딩드레스 고결한 자태인데
꽃눈이 붓을 닮아 목필 꽃이라 부르고
이루지 못할 사랑에 생을 놓은 사연에
공주의 슬픔 물든 공주 꽃이라 아련한가

한발 먼저 봄소식 전하려 입술 대더니
얼어버린 몸 빗장 헐어 봄의 손길 잡으며
사랑보다 눈물겨운 기다림의 회포 풀고
바람 업은 가슴에 하얀 피 뗠구다가 또 일 년
죽음 닮은 잠결도 북향의 사랑앓이 애달프다

봄의 행간에

와룡산 헌 옷 갈아입고
봄 소리 나뭇가지에 속삭이면
봄바람의 기지개

잡힐 듯 잡히지 않고
애써 눈을 모아도 아른거리는
소녀 미소 같은 아지랑이 피어난다

봄 처녀 꽃소식 들고 오는 길
황홀했던 푸른 청춘 추억이 어려
그리운 얼굴이 봄꽃으로 피어난다

비좁은 마음

자리가 역할을 잉태
외로운 윗자리에서
경계의 벽을 허물고
비좁은 마음의 확장공사
허공을 포용한다

서운함의 계단을 낮추고
바꾸어 놓는 마음을
바람이 와서 꼬집으며
사는 게 다 그런 것
살아보면 안다 일러준다

거미줄 같은 미혹에
걸려버리지 않는 가슴
뇌동맥의 탄력을 젊게 지켜
살다가는 세월의 뒷맛
물맛같이 담아본다

빈속 쓰린 아침

손으로 움켜쥐고
아픔을 견디는
과음 이튿날처럼
가을의 스산한 바람

툭하면 가을 타면서
지병인 외로움 돋운다

속을 달래려고 칡즙 마시듯
가슴에 불어닥친 가을바람

어루만지면서 빈속 채울
미지근한 위로라도
있으면 좋으련만

언제나 그렇듯이
내 손이 내 딸이다

사랑 채널

안개꽃이 장미의 붉은 색을 들춰주듯
소리와 문자로 사랑 고백의 해일에 쓸려
순도를 측량하기도 전에
육감이 마비되는지 황홀에 빠져든다

군중 속의 고독이라던가
풍요 속의 빈곤
텅 빈 충만이라는 역설이
이성을 마비시키는 혼란의 고독

사랑은 그 많은 아픔의 가위질로
내 삶을 마름질하더니
사랑한다는 고백이 다발로 쏟아지니
빈 가슴은 한층 외로움에 고립된다

'설마'라는 재난

자식을 편들어준 어미의 사랑이
수천의 재화를 털린 교활한 사기
세칭 보이스 피싱(Voice Phishing)이란 덫
거기에 걸릴 줄 누가 알았으랴
전화번호를 바꾸고
범인의 부스러기 돈을 받는다

그런 악의 종자로 살아야 하는
불쌍한 중생을 위해 기도하는 마음엔
자비의 눈물이 세제가 된다
가슴 아픈 탈취에 희생되는
어리석은 중생들을 위해 기도하면서도
집착의 자맥질이 가슴앓이 통증이 되었다

소유의 의미

내 것이 있고 당신 것이 있고
우리 것이 있잖아
이심전심 의미 섞어
너는 내 것이라 찜하는
소유로 묶는 말결은
영원한 미등기

나는 네 것일 수 있을까
마취제 같아 시력 흐리고
있는 그대로 인정하고
소중할 수밖에 없는 착각

성주괴공性住壞空의 여정에서
스러지는 고통 상상으로만
뼛속으로도 짐작한다

시간이 흘러내린
폐허 한가운데 갇혀
망각의 뒤안길에서
시체처럼 혼돈을 벗는다

속울음 울며 웃는다

아프지 않은 척
배부른 척
고기 먹은 척
유식한 척
젊은 척
약한 척
강한 척
좋은 척
싫은 척
삶의 얼굴에 척 증이
빛과 그림자 된다

허물어지는 생의 주기에
떠오르는 젊은 날
눈물겨움이 건드리면
속울음 울면서도 웃는 얼굴

가늘어진 팔뚝을 알아채니
울 것 같다는 쓸쓸한 비통
아래로 향하기 즐기는 입가 주름
당당한 가슴이 무너지듯
눈 주변 동네의 오솔길도
삶의 슬픈 비가 더미였다

손바닥 우체국

무지갯빛 소식들 싣고
문자와 소리로 전해지는
내 손에 차려진 우체국

사랑하는 마음의 옷을 입고
슬픔의 푸념을 버무려
궁금한 안부를 민들레 홀씨처럼

온 세상의 거리 상관없이
온도 조절하면서 허공 우물에서
미소랑 눈물 지식 슬픔 길어 올린다

이동 통신 기기는 육장 육부처럼
생활공간에 걸려있고
필수품이라 전자파 위험 경고도
니코틴 중독처럼 알지만 떼지 못하는
마약처럼 삶의 일부가 된다

숫자의 무게 견디는 산수

혹한의 허공은 산소가 싱그럽다
생의 종착역 고급 정거장
현대판 고려장 준비 역
그나마 재화의 인연이 있어야 하는
삼성 노블 카운티에
문우 선배님께 문우 동료와 세배 간다

저승사자가 언제 침 바를지
알면서도 버티고 견디는 망 구
망팔望八의 경계에서 의연한 듯하더니
막상 무게를 느끼니까 체액이 달라진다
길가에서 어지러워 아찔하던 친구
소리 없는 살인자 같은 당뇨와 싸운다

하루가 선물처럼 귀하게 여겨지고
최상의 부자는 건강 부자라고
"누죽 걸산"이란 말을 껌 같이 씹으며
불과 십 년 차이 선배 위문가는 길
나의 그 나이는 어떻게 되었을지
존재의 유무에 물음표 찍는다

시 저축

삶의 갈피를 뒤적이다가
침묵의 심장이란 사이버 시비
주간 핫이슈(Hot issue) 1위의 빛이 서려
언제 어떤 감성으로 흔적 남겼는지
침묵에 고여 있는 사랑의 붉은 반점

상처 아물어 기억도 사라지는데
시간이란 약과 공간의 소독솜의 힘
까꿍 하듯 나타나 후비는 시의 송곳
살다 보면 내 발가락 말초신경처럼
눌린 불만 농성하며 무뎌졌다

자작의 기억도 사라지는 순간
다만 경이로운 글 결이
내 글 인가 눈물에 물어본다

시간의 바닷가

젖은 가랑잎이
신발 뒤축에 붙어
나를 따라온다

바람의 한숨을 만지며
단풍 들어버린 잎새에서
세월 묻어있는 얼룩을 본다

시간의 바닷가 거닐며
흘러간 추억의 매듭을 풀려는데
가슴으로 엉겨오는 슬픔의 뼈

저 끝없는 하늘을 담은 바다의 호흡
삶이 저무는 황혼녘에 가쁜 숨 몰아쉬다가
세상의 마지막 귀의처 바다가 되리라

시려오는 삶의 관절

새살 돋는 듯 여릿하더니
곰삭아가는 삶의 굴절각
운동장 같던 길 모두 뭉겨
있던 길 지우는
배신의 우두둑 소리

뼈도 없는 혀가 먼저 썩는
죽음 현장 거짓말 보고서같이

계곡 맑음표 물옷 입은
달착지근한 거짓말이
믿는 마음 관절까지 꺾어버렸다

시심의 동맥경화처럼

지하철 역전 귀퉁이에 보자기 깔고
푸성귀 팔러온 할머니 주름진 손

언제부터인가 같은 또래 남자가
고구마순 껍질을 벗기더니
남자친구인지 남편인지
어둑한 밤길에 검은 보따리 챙긴다

아침엔 어디서 오고 밤은 어디로 가는지
혼자보다는 둘이 훨씬 편안해 보이는데
떨이로 팔아주면 일찍 귀가하니
공덕이라 여겼다

호박잎 시골 입맛 끼니로 쌈을 샀는데
부지런한 그들이 오지 않는 휴일이면
나도 모르게 그 자리에 가서 기다려진다

시심이 식욕과 노는 거리 모퉁이
동맥경화처럼 소통이 막히면

오지 않을 누군가 기다리는 길목에
내 마음 어느새 외로움 앓이 깊어진다

제4부
앙가슴 붉히는 소리

앙가슴 붉히는 소리

처음 가는 곳에서
아닌 줄 알았는데
원적외선 방사처럼
쏟아지는 빈말의 폭포

숙제하기 싫은 마음결
깨기 싫은 마음 폭
아까워도 다 허물고
그냥 체면 껍데기 접는다

집 지을 재목으로 베어간 거목
고스란히 남은 나이테 밑
연두 잎 고사리손 내미는데
고목에서 꽃을 준비하는가 보다

아지랑이

봄바람 치맛자락 아스팔트 핥고

연두에 젖을 물린 대지는 묵정밭도

안개꽃 같은 아지랑이 입김

내 사랑 그리움처럼 토해낸다

신념의 책받침 끼우고

소리가 물어온 언어
창틀 벗어나려는 유리창 속내
내부에 잠겨있는 감정의 올
공간 감각에 마비되며
슬픔의 투명한 건더기 더미
생의 끝자락에서 삶의 본질과 마주 본다

영혼의 소양증 짊어지고
뒤엉킨 외로움 다발
눈물 들고 달려들며
진공청소기처럼
얼어붙은 분노 빨아대면
희석되는 의식의 적색경보

에고의 벽을 산산이 쪼개고
자기방어적 자국이 드러날까 봐
신념의 책받침 끼워
흔적 지우려는 불안과 설렘 사이
감각 너머 세계에 잠입하면서
저무는 생을 갈무리하며 어깨 들썩인다

신축년 마지막 날

사람 몸 받기 어렵고
오래 살기 또한 그러한데
내일이 산수에 접어드니
목숨이 늘 기적을 잉태하며
여기까지 왔구나

호남 향우회
고려대학 동문회
해병대 전우회
결속의 전설이 되었고
주인공이 된 사람들 대견스럽다

형이 기를 간직한다는데
곱씹어 그런가 시식하지만
살얼음 밟는 뒤꿈치 오글거리고
떨어뜨리면 금방 깨질 것 같아
예방 주사 같은 마음 벽지 바른다

쓸쓸한 삶

속울음이 어깨로 문을 열고 나와

들썩거릴 때 너의 손을 아끼지 말고

양쪽 어깨가 아닌 한쪽만이라도

온기 묻혀서 어루만져 주어라

누구나 외로움이 엄습하면 쓸쓸함이

삶의 바닥까지 흔들어버리니까 말이다

양수 같은 온천수

물은 생명의 젖줄 같은데
온천을 향하는 잦은 길은
양수의 기억이 있어서인가

체온보다 높은 물에
태아의 몸짓으로
소우주 몸을 맡긴다

맹물 같은 젖 물리더라도
울음 그치고 근심 쪼개지는 아이처럼
온천이 주는 환희는 엄마의 품

어둠의 물살

나이테로 스며드는 어둠
달빛마저 발끝으로 밀고
남은 어둠 속살까지 벗긴다

인연마다 살을 헐며
입 가득 물고 있는 초록 피
가슴 아려 죽고 싶은 순간

무통분만 같은 망각의 통증 마취
어둠의 악보 만지작거리면
기도의 맑은 물살 하얗게 출렁인다

어머니 정한수井寒水

어머니의 더운 강에서 영글 시절
사과가 양식이라 내 피부가 하얗단다

사과 껍질같이 붉어진 볼
추위에 어머니 많이 업혀 살갖이 터졌단다

터울 늦은 자궁에 모처럼 자리 잡은 탓
편애의 상처 언니가 받았단다

피난길에도 어린 게 용하게 살아서
생명력 질기다고 속으로 좋았단다

장독 위 정한수에 달 띄워 합장하고
시루 본 붙이시더니 나 늙어보게 하신다

언어를 가꾸는 정원

낮달의 창백한 살점 같은
노트북에 수술로 재생한 손
일상의 언저리에 어슬렁거리는
생의 언어 다듬어 가꾸며
5년 후 나에게 글을 보낸다

망 팔 변덕쟁이 몸의 안부 묻고
습관이 생활에 정착한 부실함
정원에 잡초 뽑아내듯 김매고
주사와 약물로 챙기는 버팀
안쓰러운 삶의 종착역이구나

나를 두고 먼저 간 그 사람도
지나친 건 모자람만 못한 것 보이고
떠나가는 친구들을 바라보며
미래를 가불 하듯 걱정하는데
사랑한다는 그 말도 아픔으로 박힌다

언어에 음계 말맛 간 맞추기

외로움 제국에 침묵의 제왕은
달빛 안고 먼발치에 흐르는 강물에
바람의 파발을 보내 하현달 구겨놓는다

한숨으로 흐르던 탄식이 독백을 뱉고
낭창거리는 들숨 날숨 조율하며
시의 언어를 꺼내며 소리를 얹어 본다

맛있는 말에 간을 맞추며 조미하고
마음 그릇에 담아 삶의 여백에 차린다
허물어지던 영육의 동녘에 서기를 입힌다

언어의 사다리

눈에 고인 저수지의 물
소금기를 빼고 나면
슬픔을 증발시키며
눈물의 얼룩을 남긴다

언어의 사다리에 올라
가장 높은 곳에 오르고
영원이라 믿을 약속을 걸어
저수지 바닥에 스며 들어가 본다

유한성의 타성은 인연을 자르고
망각의 영토에서 그리움 흘리는데
빈말은 찬 냉수보다 못하다고
시려오는 잇몸처럼 언어로 깨워준다

엉뚱한 인연

가끔 잊어버린 틈 사이 비집고
바람의 살결을 만지면
타다 남은 촛불 같은 기억이
엉뚱한 슬픔으로 평온을 흔들고
입가에 번지는 온도 없는 미소
촛불에 흘러 굳은 촛농 같다

분명 있지만 바람의 속살 층계
흔적 무심히 지나면서
뻔한 이별 오미크론 증세로 앓고
후유증 알아내고 대체요법 처치하며
엉뚱한 인연을 비설거지처럼 걷어낸다

연모의 살갗

포천으로 향하는 힐링 코스
대개는 햇살이 미소 보내는 길
바람이 하품하는 목장
어진 소의 되새김 침방울
엄마 그늘에 사랑 옷 입고 있는
아가 송아지 내 폰 사진에 담긴다

목장 안주인 소연 작가의 집밥 점심
내 친정엄마 소환하는 동치미 천연 맛
알싸한 총각김치 어릴 적 입맛 살리고
비지찌개 고소한 옆에 만두 사골국
오랜만에 느끼는 시골 밥상의 풍요
소박한 늦은 점심 행복한 식사 자리

내 하루 상상의 메뉴에 넣고
궁금증 예진하는 오지랖
카톡에 띄우는 문자가 리듬 타면
접속 기다린 듯 회신하더니
내 마음 안다고 하고 동감이더니
짐작하는 마음에 연모 뜬다

연민의 토양에서

노을 시든 전철역
어둠이 만져지면

망각에 버무린 안녕
배어 나오는 생즙 같은
연민의 결 눈에 밟히고

달의 신음 같은 속울음이
그리움 앓이 숨소리 감춘
슬픔의 건더기 엉긴다

이별이 구르는 길

만남은 헤어짐의 씨앗이 숨어 있다
아버지의 밥상머리 가르침이
알면서도 실행하지 못한다는 교훈

상처가 아무는데 시간이라는 약
일생에 근심처럼 찰과상 생겨도
새살 돋게 소독하는 무심의 붕대.

열정이 시의 체온을 데울 때

사유의 근육이 현미경에 드러나
하찮던 작은 한 톨의 씨앗이
내면을 열어 속살을 보여준다

시의 몸통 요혈을 더듬는 열정
참새 고깃점 같은 언어의 뼈대

살 바르며 삶의 안줏감 차려 봐도
허기진 영혼의 울림은 둔한 거문고
애써 위로하는 여심이 그늘 밟는다.

외로운 사람의 강

명절이 와도 까치발 띠는
조심성으로 발을 묶는 코로나
삼성 노불 카운티에서 보내오는
쓸쓸한 사연에
먹먹해지는 까치설
맏며느리 노릇 하러 제주에 간 딸
집안에서 어정거리는 팔순의 내 모습
춥고 배고픈 외로운 사람들
슬픔이 눈물의 강을 이루더라도
따뜻한 온기가 그들을 포용하길

윤슬 퍼지듯

받침대 같은 등뼈에
무심히 얹은 삶의 등짐이
어르고 달래며 견디던 시간
무아래 주름살 껍질에 새긴다

거덜 나버린 열정
글의 사잇길 모퉁이
병균에 결박당한 생활
현재의 멱살을 잡아당긴다

외로움이 살아가는 허공에
컴퓨터 열어놓은 세상 창
떠나지 않는 내 손에 폰
존재를 물어뜯는 자국 무늬 진다.

이 없으면 잇몸으로

등잔의 심지 돋우던 기름처럼
생명을 버티는 의지처 순례
스러지는 인연의 고비
상실 딱지 분리수거 하는데
사명의 잔영을 알아채는 육신

불의 세례로 한 줌의 재 되련만
처음 늙어보는 무상의 순간 절벽
생사의 갈림길에 칼을 겨눠
요행의 길로 접어든 인생

이 없으면 잇몸으로 살고
돈 없으면 없는 대로 먹고
외로우면 그런대로 견뎌
기가 다하는 날까지 의연하게
이승에서 저승으로 가면 된다.

이름 붙은 날 몸짓

동지에 불공드리던 기억도 아스라이
이튿날 팥죽 사다 먹으며
절기에 입맛으로 추억 입술에 댄다

요란한 성탄절 핑계 대며 데이트하던 어떤 날
인연에 출렁이던 얼굴이 스치면서
아무도 없는 주변에 카톡으로 때운다

시린 손에 장갑 같은 사람
햇살 같은 인정을 보내오면
산소 같은 시심이 수를 놓는 가슴

한해가 매듭 달에 마침표 찍을 날
불확정 여생 안개 속을 휘몰아 지나면
계절 착각한 울타리 장미가 웃는다.

제5부

장자의 빈 배처럼

장자의 빈 배처럼

나의 시혼은 공의 바다에
장자의 빈 배에게
한 수 배워
지긋이 웃음 흘리며
인연 따라 물결 만지며 흐르는
허름한 배 한 척으로
달 지고 해 뜨는 사랑
임계점 비등점 사잇길에
문자로 노 저어 가리라.

이별의 예감

꽃이 피는 내력
미소가 보드랍게 손사래
바람이 기지개로 어른다

시들어진 잎새
지는 생을 떨구고
안개 속에 사라진다

여우비 피하던 추녀 밑 같은
한 뼘 추억이 우산 아래
햇빛 쏟아진다고 얼굴 덮는다.

이슬 같은 약속

사노라면 굽이마다
약속의 언어 햇살 퍼진
풀잎 이슬처럼 사라지면
여래의 가르침이 정답

내 마음 같으려니 믿고
또 하나의 실망을 깨물며
저고리 동정 맞추듯이
다잡은 마음 그늘

그러려니 고개 넘어가면
약속의 관절 투덜거리지 않아
오그라진 구겨진 마음
빨래 털어 말리듯 허공에 넌다.

임인년 새 아침

해 오름 달 첫날
산수를 끌어안고 망구望九의 길
소원을 이루라는 불꽃의 향연을 본다

모든 이의 은혜로 여기까지 와서
감사하다는 마음 간직하며
하루가 주어지면 기적처럼 살기로 한다

허공 품고 우주 향해 건강을 기원하고
삶의 길에 휘청이지 말고
맑고 향기로운 여정에 서성이길 빈다

사랑을 위하여 사랑을 가꾸고
글길에 꽃잎 뿌리며
왼쪽 발끝 앞길에 내민다.

입춘에 의미의 옷을 입혀

첫사랑이 보내온 입춘 사진
아직 설레는 입춘의 아침
어느새 팔순이란다

그럴싸한 얼굴에 전하는 소식
사모의 정을 고백하는 빈말 서비스
그러려니 헛웃음 흘린다

봄을 여는 행간에
다음 줄에 저승의 사연이 적힐지
상상하면서 현재에 충실 지수 돋우면

나는 아직 사랑을 먹고 사는
연두 같은 마음이 만져지며
심신의 건강지수 지긋이 윙크한다.

장미는 자라는데

마음의 화원에 장미의 자태
미소를 향기로 품어내듯
화려한 아우성 손짓 바람에 얹는다

마지막 타는 불꽃의 안간힘
악문 어금니 꽉 깨물고
불꽃 이글거리는 소리

정원 가운데 작은 풀 한 포기
줄기 색바람을 안고
너울거리며 탱고 추는 엉덩이 보인다

가는 곳을 짐작하고 어지른다만
장미가 흘리는 향기 날리며
노을의 타는 가슴 적시다가 말린다.

저물고 있는 육신의 몸짓

말초의 감각이 투정을 부리더니
세상사 대충만 보라고 눈이 탁하게 본다
무릎이 울던 신음은 그치고

피의 당분 제 버릇 지키고
하루를 염려증으로 채우다 보니
하얀 쌀밥 먹던 습관 향수를 부르고
양떼답게 풀을 먹어가며 끼니를 채운다

마음은 저물어 가는
육신의 그늘에서도
날 것이 익어 민낯에도
삶의 샘물 원천수로
익어가는 살결 헹군다

죽전 성당 연도 미사

가뭄에 콩이 나듯이 띄어 앉은 성당
일찍 준비하고 걸어온 이른 아침
시간을 잘 못 알고 도착한 길
밖에서 서성이다가 문이 열려 들어간다

주님 앞에 앉아 부처님 설법을 듣는
종교의 평행선에 내 길을 가지만
김세환, 이정득 영가의 기제사를
천주교 의식에 연도 미사로 거행한다

이름 한번 부르고 끝나는 연도 미사
물 한 모금 없는 아버지의 제사
식당에서 언니 대모에게 대접하니
맹물 같은 허전함이 심통으로 온다

젊은 신부의 부지깽이 매의 강론은
바르게 살라는 어머니의 지휘봉
내가 살면서 알게 모르게 저지른 일
참회의 시간을 가지며 기도한다.

지하철 너스레

경로석에서 달착지근하게
졸다가 놀란 듯 눈을 뜨니
아무도 없는 지하철 안
수면제 먹은 듯 거기에 앉으면
수마가 거미줄처럼 동여매는가 보다
내리라는 방송도 자느라 못 듣고
차고까지 타고 갔다가
바꿔서 타는 노파 같은 몸짓
하차 잊고 왔다 갔다 하는 모습
나를 보면서 썩은 웃음 씹는다.

질척이는 집착이라도

나목에 새살 돋아나고
집착이 질척이며

그리움 키우는 그림자 업고
봄의 행간에 하품한다

매화 겨울 겪고 향기 나르듯
버틴 기다림에 너의 사랑

꽃으로 오려는지
서성이는 마음이 다리 아프다.

집착의 자맥질

물 마중 즐기는 오지랖에
네모난 모서리 끝 같은 마음이
내 앙가슴에 생채기 내더니
바람이 떠밀어 넘어지고
스며드는 조롱의 짠물 줄기
상처를 헤집고 비웃음 흘린다

숨은 자존감 애써 다독이는데
날 것 같은 집착의 자맥질이
고뇌의 살점 찌우며 뒤뚱거리면
황혼에 기울어진 혼불 부여잡고
얼어버린 곱은 손처럼 무딘 삶
냉소로 개키는 마음결 허공을 누빈다.

집착이 허문 자리

얼음 조각 손바닥에 쥐면
제살이 빠져 물기로 젖듯
집착하면 할수록 자유를 잃고
상실의 냇물이 흐른다

달 지고 해 뜨듯 오는 사랑
심지 돋우어 불 댕겨
염려의 바윗덩이 밀어보건만
알고 있던 장막이 어둡다 운다

내면의 외침 마름질하다가
달빛 안고 살아온 세월이
이슬 맺으며 흔들어대는 늪
버리고 쉬는 서툰 잣대 녹슬어간다.

창작의 그늘

자기 분신이라 아껴도
남의 것이 분명하여
난감한 잉태는
입 덫 같은 고통이 휘젓네

그대로 묻힐 수도 있지만
모래알 같은 많은 활자 중에
집도의가 들고 있는 칼 같은 눈이
원치 않았으나 알아버렸으니
다행일까 불행일까

남의 문 향 조금만 취하던지
많은 살점 베어와서 난감하니
태어나자마자 씻기고
속옷도 입지 않은 아기처럼
말도 못 하고 두리번거린다

가릴 곳 가리기 전에 드러나
황혼에 속울음 우는 여인

잔치 준비 때때옷 축제 포장지

봉합 몸짓 가위질 부질없어서
스스로 만든 아린 고갯길
고뇌 그늘에서 하늘만큼 아프다.

추억 돋아나는 세모

풋감정 돋아나는 장독 옆 텃밭
화덕에 불을 때며 익히던 먹거리
고향이 키워준 육신을 데려와
미수를 맞이하기 며칠 전
고해의 바다 해일도 피하고
기적처럼 살아낸 하루 도닥거린다

인연의 줄에 매달린 사연
대추나무 연 걸린 듯
허공에 돋아나는 얼굴의 표정
산들바람 같은 미소 던지는데
소맷부리 같은 우연의 더운 김
허물어도 다시 쌓는 환상의 성

마음의 빗장 열린 채
시간을 압축하는 여생을 셈하는데
철 잊은 개나리 피었다 금방 지는 만추
입동에 동파하는 소문 견디다가
뎅그렁 깨지는 노란 유리병 닮아
추억을 자라게 하지만 비우면 그만이다.

태양을 밀어

눈물에서 피어나는 꽃
뒷걸음질 치듯 머물러
현란하면 할수록 슬픔 고이네

서산에 걸린 햇살
영원을 향해 덤비듯
다음 생을 꺼내는 그리움 씨실

광야에 홀로 선 것 같은 여로
눈부신 태양이 시선을 가리듯
달려드는 마음 안간힘으로 밀어댄다.

해가 눈을 찌르는 담

사유의 깔창 고궁의 맨흙 길
땅의 기운을 길어 올리다가
고개 들어 울타리에 걸린 불덩이
눈을 찌르는 태양의 껍질 조각
열정 옆에 오롯한 반편 고목

수령이 몇 년인지 몰라도
왼쪽 귀퉁이 대를 잇는 생명의 끄나풀
침엽수이긴 한데 엄동설한에 독야청청
발가락 편하게 신발 신고 거니는
팔순을 가꾸는 황혼의 언덕

팔십 년 만물을 스쳐 간 눈동자의 수고
뺨을 때리는 자극보다
일순에 강렬한 해의 자침
아직 담에 걸려있으면서도
일러주는 정신일도 하사불성(精神一到何事不成)
여생을 점치지만, 정답은 하나,
사의 필연이다

햇살을 그늘에 밀어 넣고

당기지 않아도 활의 시위 튀듯
세월은 빛의 속도로 달려가네

햇살 시들어 그늘에 잠기더니
목덜미 주름은 레이스처럼 접히고

무한으로 꺼내는 감정은
삶의 힘줄 키움을 망각한다

삶의 정거장에 헐거운 구두 뒤축 소리
등잔불 심지 같은 집착을 꺼버린다

월동 준비하듯 삶의 매듭 달 다듬으며
또 한 고개 넘으려고 신발 끈 조여 맨다

현주소 너스레

꽃잎 바람을 업고 봉숭아 물 말리던
오른손 가운뎃손가락 가운뎃마디
달걀 껍데기 흉내 내는 뼈의 흐느낌
고관절 뼈 이식해 이사 와서 달래준다

지평선 적막 같은 가슴 모퉁이
손톱에 물들던 선홍빛 열정 흔적
마음의 날것들 생즙을 짜내며
흘린 눈물 무릎에 낭자했다

아직 갈망의 실핏줄 회복 탄력 등쌀에
망팔㐅의 언덕에서 숨 고르며
그리움 마르지 않은 샘물에서
곱은 손으로 물 한 모금처럼 시를 퍼낸다

그대여

나의 동반자 정포님
하늘이 맺어주기 전
대학 내 스승님이
시아버님이 되시면서
유학 시절 가약을 맺었건만

첫딸과 두 아들 선물로 받고
일본 국립대학 학위 취득
모교에서 후학 기르던 일로
성공의 낙원에서 보람 있었는데
병마로 쓰러지며 먼저 떠난 님

처음 가는 늙는 길 손잡고 가며
부처님 법 향 찾아 사찰에 가고
성공 길 거목 된 아들딸 보며
손자 손녀 재롱 즐기고 싶었는데
바쁘게 가버렸으니 야속한 사람

어느덧 미수 맞아 망 구의 언덕에
문학의 품 안에서 생을 개키며
찰나 같은 무상한 고해 인생길
여생을 계산하며 홀로 간다오

끝내 눈 못 감으신 어머님

차마 놓을 수 없으신 미련이 무엇이길래
수의 입으시면서 눈 감지 못하신 어머니
다시 눈을 감겨드려도
쌍까풀 두 눈 자꾸 뜨시며
무언의 표정으로 무슨 유언 하시는지

이해하지 못한 채
어머니 연세보다 나이가 든
망구望九의 둘째 딸은
그날을 유리알처럼 투명하게 기억합니다

전쟁 시절 아들 셋 가슴에 묻으시고
사철나무 그림처럼 살아오신 어머니
아버지의 서모 시어머님 모시고
누구보다 맵고 춥게 시집을 사셨는데
우리 자매 어엿하게 키우신 거룩한 어머니

어머니의 소확행은 유학 간 자식 마중인데
모두 이루시고 하늘나라 가셨네요
정 좋은 아버지 얼마나 그리웠으면
3년도 채우지 못하고 모셔가셨나요?

그리움으로 짓무른 가슴 토양에
새순을 키워 행복 밭 가꾸고
조건 없는 내리사랑 전하며 살다
내 임 세상 떠난 곁자리에 이젠
여생 짐작하는 세월만 남았습니다.

열정이 빚은 아름다운 그리움
- 김은자 시집 『한 잔 그리움 추억에 얼룩질 때』
-

최 봉 희(시인 평론가, 계간글벗 편집주간)

팔순(八旬)에 이르러 70여 권의 책을 출간한 시인을 만나는 일은 영광이다. 시인은 영혼의 우물에서 언어를 건져내어 사유의 진액으로 시를 빚어내는 일, 시인은 삶의 갈피의 굽이에서 응축되는 살아 움직이는 사리(舍利)라고 했다. 오랜 수행을 한 이가 세상을 떠난 후 아름다운 보석을 남기는데 그 이름이 사리이다. 특히, 불교에서 부처님 혹은 오랜 수행을 한 고승이 사후에 몸속에 다양한 사리가 발견되는 걸로 알려졌다. 그 사리의 색은 무척 다양하다. 흰색, 검은색, 붉은색, 푸른색, 노란색, 초록색 등 각양각색이다. 그렇다면 김은자 시인의 시의 빛깔은 어떤 색깔일까?

　　바람의 무게 밀어내고
　　하늘의 변덕 견디면서
　　대지 꿈틀거리는 몸짓 따라
　　말맛으로 허공에 묵화 친다

창틀 벗어나려는 유리창 안
신맛 쓴맛 단맛 매운맛 짠맛
침묵하는 마음의 베틀에 걸고
내 삶의 말맛을 발효시켜
사리 같은 시집을 봉안한다
- 시 「말의 오미」 전문

시를 잉태한 후에 사리함 같은 시집을 낳는 일, 아기를 임신하고 출산하는 여정과 같다고 시인은 말한다. 시를 창작하는 순간은 경건하게 기도하는 마음으로 챙긴다고 했다. 그렇다면 그의 시의 빛깔은 '그리움의 빛깔'이 아닐까?

세상이 내 삶을 데려다주고
만남과 이별의 이중주가
고개 한번 돌리는 순간처럼
짧은데도 벌써 80년

주변에 버팀목은 유명을 달리하고
남은 생 어림짐작하지만 잘 모르고
막연히 망 구의 언덕에 올라
그리운 사람을 그리워한다

동녘에는 뜨거운 해가 떠오르고
지구의 한 지점에 내가 중심점
원을 그리며 우주를 품고
아주 작은 씨앗으로 살아간다

합장하면서 불경을 듣는 아침
주어진 삶이 건안하길 빌며
버팀과 발전이 영글기를 기도하며
고해 길목에 시심의 징검다리 건넌다
– 시 「미수의 새벽기도」 전문

시인은 시를 쓸 때마다 기도하면서 시심의 징검다리를
건넌다고 했다. 시(詩)란 운율을 지닌 함축적 언어로
표현한 창조의 문학이다. 그의 시는 울림이 있고, 음악
이 흐르고, 조화로움을 가진다.
그렇다면 김은자 시인의 시의 장점은 무엇일까?
첫째, 새로운 발상의 힘이 크다. 다시 말해 발상이 신선
하고 힘이 느껴진다. 어떤 작품들은 '참 발상이 좋네'라는
감탄사가 절로 나온다. 그만큼 그의 시는 새로운 발상이
나 상상, 역발상을 통해 나만의 시작품을 창조했다고 할
수 있다.

슬픔이 잠식하는 영혼의 샘
그리움은 기다림을 업고 버티다가
누워버린 낙엽이 되기까지
흘린 눈물의 용량만큼 담긴다

앙가슴에 하얀 피가 고이듯이
시간을 물어뜯는 고통의 자궁
망각을 잉태하면서 착상하고
그녀는 침묵의 소리로 신음한다

바닥난 삶의 끝자락이 치마 밑단 같아
땅에 끌려가듯 길을 핥아가며
시린 가슴 어루만지면서
그리움이란 칼끝에 맨살 베인다
– 시 「그리움의 칼날」 전문

　깊은 영혼의 샘에서 길어 올리는 시인의 시어를 다발로 묶는다면 한마디로 '그리움'이다. 이번 시집에 등장하는 그리움의 단어는 21번 등장한다. 마음은 나이가 들어 원숙하지만 소녀적 발상에 그만 놀라움이 앞선다. 풋감정을 넘어선 완숙한 언어의 발상이 아니겠는가.

발자국 찍어놓은 만추 잎새
깃발처럼 바람에 안겨 너울거리고
고요를 가지에 걸어놓으며
추억 묻힌 채 시치미 뗀다

기다림을 다듬어 엮어 놓고
그리움 한잔 타서 마시다
숭늉보다 구수한 낙엽 타는 향
시절 인연 실타래 매듭짓고

주름진 손등에 무상이 졸고 있다
디딤돌 디디면서 생의 강 건너
늘 결핍의 길목에
얼룩 지우고 글썽인다
– 시 「한 잔 그리움 추억에 얼룩질 때」 전문

둘째, 탁월한 비유에 감탄하게 된다. 시는 근본적으로 비유의 속성을 갖는다. 시인이 시 작품 속에 표현하려고 하는 나만의 원관념을 향해서 갈 때 직접적으로 말해주는 방식이 아니다. 바로 보조관념인 객관적 상관물을 끌어와 빗대어 표현해야 한다. 김은자 시인은 "비유가 정말 탁월하구나"하는 생각이 들 정도로 기가 막힌 비유를 활용할 줄 안다.

> 쓸쓸한 면류관처럼 사라진 청춘
> 푸른 모서리 틈에 숨어 있다가
> 튕겨 나온 풋감정
> 가을 서리 맞은 생 다독거린다
>
> 갈채 없는 열정이
> 승천 못 한 이무기처럼
> 문자의 기둥에 걸어보는 언어 조각
> 증식하는 그리움 압축한 칼금 흔적
>
> 마음 속살은 슬픈 이별이 배어있고
> 처음 늙어감은
> 한 자락 노을처럼 구름밭에 앉아
> 버팀이 해쓱한 얼굴에 비장함 칠한다
> – 시 「풋감정 깃드는 늦가을 생」 전문

시인의 삶은 이제 계절로 치자면 아름다운 '가을'이다. 하지만 시인은 자신의 시적 감정을 풋감정이라고 겸손히 말한다. 팔순의 나이에 언어의 조각을 그리움으로 압축하고 칼금을 그어 70여 권의 저서를 남겼다면 풋감정일 리가 없다. 그의 태도는 슬프다 못해 이제는 비장하다. 어쩌면 늦가을 인생을 정리하면서 세월이라는 가을 서리를 맞으니 외롭고 힘들지 않겠는가. 그럼에 불구하고 시인은 오늘도 저녁노을의 구름밭에 앉아 있다고 비유한다. 이 얼마나 탁월한 비유인가.

> 해 오름 달 첫날
> 산수를 끌어안고 망구望九의 길
> 소원을 이루라는 불꽃의 향연을 본다
>
> 모든 이의 은혜로 여기까지 와서
> 감사하다는 마음 간직하며
> 하루가 주어지면 기적처럼 살기로 한다
>
> 허공 품고 우주 향해 건강을 기원하고
> 삶의 길에 휘청이지 말고
> 맑고 향기로운 여정에 서성이길 빈다
>
> 사랑을 위하여 사랑을 가꾸고
> 글길에 꽃잎 뿌리며
> 왼쪽 발끝 앞길에 내민다
> – 시 「임인년의 새 아침」 전문

산수(傘壽)의 나이는 '가릴 것이 없는 나이'다. 새해 아침에 시집 『한 잔 그리움 추억에 얼룩질 때』라는 시집을 출간하면서 팔순(八旬)이라는 축복의 삶을 살아온 자신을 기념하면서 감사의 마음을 표현한다. 망구(望九)의 나이를 향해 살아가는 지금, 나이테에 그려진 삶을 언어의 실로 시침질하고 박음질하는 아름다운 삶을 사는 시인의 감성을 보라. 시인은 사랑을 위하여 사랑을 가꾸고 글길에 꽃잎을 뿌린다고 했다. 바로 시를 창작하는 아름다운 시인의 태도가 아니겠는가. 그리고 그 감성을 독자와 함께 감사의 마음으로 함께 나누고 싶은 것이다. 시인은 하루하루의 삶이 기적처럼 사는 삶이라고 겸손히 말한다.

　　계단에 걸터앉은 그리움이
　　가슴 헤집고 들꽃 피우더니
　　향기를 펄럭이며 구름에 숨는다

　　볼을 스치는 바람 같았고
　　무심지無心池에 피어난
　　연꽃 한 송이더니
　　성큼 내 마음 열어 버렸다

　　비등점 근처에 가면 화상 될까 봐
　　살얼음판에 늘어난 체중처럼 겁을 냈건만
　　어느새 임계점에서 그리움 앓는구나
　　- 시 「그리움의 임계점」 전문

그리움이 들꽃을 피우더니 향기에 펄럭이다가 구름에 숨

는다. 그리움은 또한 볼을 스치는 바람이고 연꽃 한 송이로 활짝 피어나더니 비등점에서 화상이 될까 봐 혹은 살얼음판의 늘어난 체중에 겁을 낼만큼 아찔한 상황, 바로 "그리움을 앓는다."고 표현했다. 바로 그리움에 대한 신선한 시적 직관과 더불어 예기치 못한 반전이다. 시에 나타난 정황과 화자가 지닌 존재론적인 의미를 꿰뚫어 보는 듯하다. 시인이 표현한 직관을 읽을 때 우리는 시의 깊이와 신선함을 느낀다.

소리 없이 색이나 모양으로
아니면 향기로 계절을 업고
피고 지는 꽃잎의 사연은
기다림과 그리움과 짝사랑을
마음 다하여 외치는 듯
누군가의 손길이 산책길에
심어서 가꿔 미소를 준다

시절 인연 따라 얼굴을 보이는 꽃
화장하는 여심처럼 힘주고
있는 힘을 다하여 자기를 지키다가
떠나갈 때 슬픈 마음으로 우는 듯
허공에 몸을 던지면서
자연으로 돌아가면
삶의 행간에 여인의 일생처럼 자리한다
      - 시 「꽃의 살결이 미소 지으면」 전문

이 시에는 꽃을 한 여인으로 비유하면서 한 여인의 기다림과 그리움으로 살다가 짝사랑의 마음은 화장하는 여심으로 살다가 마침내 떠나갈 때 슬픈 마음으로 허공에 몸을 던져 자연으로 돌아가는 여인의 일생을 표현한다.

셋째 김은자 시인의 시적 특징은 읽는 사람의 마음을 시원하게 해주는 솔직 담백한 시적 진술을 잘 구사한다는 점이다.

바퀴가 돌아가 법이 흐르고
인연 끈 늘어뜨려 삶이 탄다

거울 보며 티 골라내는 성숙의 씨
민들레 홀씨처럼 열매 실어 나른다

목숨 심지 조절하는 기름 같은 사랑
그리움이 새순 돋우며 덩굴 기어간다

덫이 영그는 돌계단 모서리에 걸려 찔끔
손난로 쥐여 주는 따뜻한 손길 미소 준다

안감이 겉감 모양새 조절해 주듯
환각의 소멸 여정마다
내조가 거룩한 동의보감 저자 허준 아내
나를 옷깃 여미게 만든다

부러운 대상 보며 가다듬는 생의 찬미
추스르는 그림자의 훨훨 너울춤
목숨 심지 조도 높이는 에너지로 품는다
- 시 「목숨 심지 돋우며」 전문

 시인의 말처럼 목숨의 심지를 돋우는 일은 바로 시를 쓰
는 일이 아닐까? 시인은 인연의 끈을 늘여서 삶이 타는
일이고 민들레 홀씨가 생명을 나르는 일이다. 시를 쓰는
일은 기름 같은 사랑이지만 그리움이 새순을 돋는 일이
다. 어쩌면 독자에게 덩굴이 되어 기어가는 일인 셈이다.
 시인이 시를 쓰는 일은 어느 추운 날 손난로 만나듯이
따스함을 전해주는 일이기도 하다. 때로는 부러운 대상을
보며 생을 찬미하면서 자신의 삶을 추스르는 그림자가 되
어 너울춤을 추며 목숨의 심지의 조도를 조절하다가 마침
내 목숨의 조도를 높여 에너지로 품는 것이다.

대지의 체온 만지며
묵정밭 일구듯
시의 혼을 씨앗으로 심어
연두를 읽고
꽃봉오리 입술을 보며
개화의 살결에 입 맞춘다

사랑의 인연이 시옷을 입고
계절다운 입김 불면서
허공에 그리움까지 던지고

기다림을 지평선에 묻으면
황혼이라도 노을은 소리 없어
장미 정원 가는 이정표 일러준다
 - 시 「묵정밭 일구듯」 전문

 시인은 솔직하게 자신의 삶을 소개한다. 시를 쓰는 일은
사실 대지의 체온을 느끼면서 묵정밭을 일구는 농부의 삶
이다. 혼으로 씨앗을 심는 일이다. 한 권의 시집이 세상에
처음 얼굴을 내밀 때마다 설렘과 두려움이 교차한다. 그
때마다 시인은 상큼한 연두의 발랄함으로 꽃봉오리의 입
술을 보면서 꽃이 핀 살결에 입을 맞춘다. 그 사랑의 인
연으로 시옷을 입은 그리움은 민들레 씨앗처럼 허공에 훨
훨 날아가는 것이다. 그리고 시인은 임을 기다린다. 마치
지평선에 그리움을 묻듯이, 마침내 저녁노을이 지는 황혼
에 이르면 장미 정원으로 향하는 이정표를 따라 걸어가는
것이다. 그렇다. 시집을 낸다는 것은 인생의 발자국을 남
기는 일이다. 그리고 시인의 말처럼 그리움을 한잔 타 먹
는 일이리라. 시인은 시를 통해 감정의 정화는 물론 아픈
상처를 치유하는 삶을 살아가면서 삶의 열기와 한기를 조
절하고 있는 듯하다.

 욕망의 무게가 앙가슴에 얹힌다
 나이테에 애증이 스몄던 흔적
 낯선 호흡의 길이 음계로 떠돈다

노을 업고 뒷모습 보이던 생을 찢어
산발한 머릿결 빗어 내리듯 나를 추스르며
거죽을 걷어내고 신줏단지 속을 더듬는다

상실의 슬픔이 아직 끈적이면서
단지 주둥이에서 서성이더니
장미 향 발효되면서 그리움 재웠다
- 시 「애증의 신줏단지」 전문

김은자 시인은 시를 쓰면서 애증의 시간이었으리라. 산
발한 머릿결을 빗어 내리듯 자신을 추스르면서 거죽을 걷
어내고 새로운 신줏단지 속을 더듬는 세월이었다. 상실의
아픔도 겪었고 기다림도 배웠다. 결국은 시인은 장미향으
로 발효되면서 그리움을 재운다. 김은자 시 작품에는 '장
미'라는 시어가 총 9회 등장한다. 자신을 대변하는 이미지
로 보인다. 망구의 세월을 살아왔지만 가장 아름다운 노
을로 장미의 새순으로 돌아서 백설에 돋아난 꽃처럼 빛을
돌이켜 거꾸로 비추는 삶, 죽음에 이르러서 잠시동안이라
도 왕성한 기운으로 맑은 시를 쓰고 싶은 것이리라.

하루 중에서
가장 아름다운 노을

인생에서 마무리 계단
장미 새순 돋아

꽃봉오리 백설에 숨어
동백의 붉음 비치고

가슴에 이어지는 연리지
회광반조回光返照 같은 미소

묵어도 새순처럼 연두를 지고
황혼 노을빛 품으로 접어든다
– 시 「묵어도 새순처럼」 전문

 망구의 세월을 살아왔지만 인생의 마무리 계단에서 장미
의 새순으로 돋아서 회광반조回光返照의 미소로 연두를 지
고 황혼 노을빛으로 잠들고 싶은 것이다. 바로 시인 자신
의 삶의 의지를 표현하는 작품이다.
 지금까지 살아오면서 발간한 70여 권의 책자를 읽어준
모든 독자에게 감사의 마음을 담아 '묵어도 새순처럼' 온
전히 살고 싶은 것이다.

안개꽃이 장미의 붉은 색을 들춰주듯
소리와 문자로 사랑 고백의 해일에 쓸려
순도를 측량하기도 전에
육감이 마비되는지 황홀에 빠져든다

군중 속의 고독이라던가
풍요 속의 빈곤
텅 빈 충만이라는 역설이

이성을 마비시키는 혼란의 고독

사랑은 그 많은 아픔의 가위질로
내 삶을 마름질하더니
사랑한다는 고백이 다발로 쏟아지니
빈 가슴은 한층 외로움에 고립된다
  - 시 「사랑 채널」 전문

 사랑하는 독자에게 소리와 문자로 사랑을 고백하는 시인
의 삶은 황홀한 일이다. 그러나 군중 속의 고독, 풍요 속의
빈곤을 경험하게 되면 고독하게 마련이다. 이에 아픔의 가
위질로 내 삶을 마름질하면서 사랑한다는 고백을 한 다발
쏟아놓는다. 하지만 시인은 그만 외로움에 빠진다.

느닷없이 찾아온 첫사랑처럼
상식도 모르는 연두의 싹
과속박력으로 발아하는지
감당키 어려운 해 오름 달의 오후
보고 싶다 다녀간 마음 굵다

흘러갈 인연의 눈물 흘렸기에
내 시를 읽다가 울컥하는 바보
사랑의 갈피를 뒤적이면
매혹으로 다가와 세월 등에 업고
안개처럼 사라진 추억이 조롱한다

장미에 가시 달아놓아 타일러도

바보다운 얽힘은 막무가내
배신의 덫 가시로 찌를지
정녕 모르지 않을 텐데
불나비처럼 내던지는 황혼이 버겁다
– 시 「바보다운 행진」 전문

시인은 바보다운 행진을 계속하고 있다. 시를 사랑하는
첫사랑에 빠진 세월 속에서 연두의 싹이 발아하고 어느덧
장미꽃이 피는 매혹의 세월을 살았다. 그러나 장미 가시에
얽히고 가시에 찔리고 마침내 불나비처럼 내던지는 버거운
삶을 살아가는 것이다.

지금껏 70권의 작품집을 발간한 김은자 시인의 열정이
담은 그리움의 시를 살펴보았다. 한마디로 김은자 시인의
시에는 새로운 발상과 탁월한 비유로 독자의 마음을 시원
하게 해주는 솔직 담백한 시심이 돋보였다. 이런 시심을
젊은 시인들도 닮아가면 어떨까? 다시금 그의 작가로서 열
정과 헌신을 존경한다.
시는 감각이다. 관찰 감각, 사유 감각, 표현 감각이 뛰어
나면 감동과 신선한 정서적 파장을 일으킨다. 김은자 시인
의 시작품이 그렇다.
백수를 누리는 시인으로 계속해서 그의 시심을 자주 만나
고 싶다. 시인의 건강과 건승을 기원한다.

■ 글벗시선166 김은자 시집

한 잔 그리움
추억에 얼룩질 때

인 쇄 일 2022년 5월 2일
발 행 일 2022년 5월 2일
지 은 이 김 은 자
펴 낸 이 한 주 희
펴 낸 곳 도서출판 글벗
출판등록 2007. 10. 29(제406-2007-100호)
주   소 경기도 파주시 와석순환로 16,(야당동)
              롯데캐슬파크타운 905동 1104호
홈페이지 http://guelbut.co.kr
E-mail   juhee6305@hanmail.net
전화번호 031-957-1461
팩   스 031-957-7319
가   격 12,000원
I S B N 978-89-6533-215-2 04810

* 잘못된 책은 바꿔 드립니다.